WODE
HANGCHENG

我的航程

贾志波 ◎著

吉林人民出版社

图书在版编目（CIP）数据

我的航程／贾志波著． －－ 长春：吉林人民出版社，
2022.1（2024.1重印）

ISBN 978 – 7 – 206 – 18880 – 0

Ⅰ．①我… Ⅱ．①贾… Ⅲ．①诗集 – 中国 – 当代
Ⅳ．①I227

中国版本图书馆 CIP 数据核字（2022）第 010086 号

我的航程
WODE HANGCHENG

著　　者：贾志波

责任编辑：卢俊宁　　　　　　　封面设计：墨知缘

吉林人民出版社出版发行（长春市人民大街7548 号　邮政编码：130022）

印　　刷：北京一鑫印务有限责任公司

开　　本：880mm × 1230mm　　　1/32

印　　张：4.5　　　　　　　　　字　数：6 千字

标准书号：ISBN 978 – 7 – 206 – 18880 – 0

版　　次：2022 年 1 月第 1 版　　印　次：2024 年 1 月第 2 次印刷

定　　价：32.00 元

如发现印装质量问题，影响阅读，请与印刷厂联系调换。

1.

巴黎在遗忘

油菜花色的阳光

走近我的窗

2.

风吹乱头发

风沙迷住了眼睛

三天没见她

3.

给你一颗糖

大白兔还是"酸三色"

你说都行

4.

我老欺负人

你怎么敢伤害我

她这样问我

5.

沉默的星座

月亮夺走了光芒

寒冷的海洋

6.

熟悉的黑夜

一个人走过一座桥

几番魂牵梦绕

7.

东城根残墙

早上五点的太阳

把山脊染黄

8.

一梦多少年

花开花落总无眠

故人还不还

9.

热到不想吃饭
可乐加冰解心烦
傲慢与偏见

10.

一卷果丹皮

死闷宿舍的空气

私奔十万里

11.

青砖老楼层

窗　亮着一样的灯

还在把谁等

12.

花园的野猫

想要出逃　篱笆墙

挡不住倔强

13.

发呆想谁呢

想春天有桃有李

争着开花吐蕊

14.

我不忍睡去

打开窗扉数星星

有蝼蛄声轻

15.

也不想抽烟

看屏幕发呆费眼

我愿你晚安

16.

吃完了晚饭

在村里散步吸烟

西边黄淡淡

17.

墨青透雪纺

军绿色的工装裤

一阵风穆穆

18.

你在我对面

一步步接近走过

我在回头看

19.

燃烧的石莲花

在九十九度中

等待夕阳洒

20.

双子座下降

我抬头和它对视

窗外夜未央

21.

萨特的《卧室》

沉默的人沉睡着

玉渊潭天鹅

22.

月光漫窗梁

我歇斯底里歌唱

独坐夜何长

23.

玉露在休眠

热浪翻滚眼皮倦

相见又无言

24.

雨后的空气

有种浪漫的感觉

有麻雀嬉戏

25.

雨后白鹭飞

太阳躲在杨树后

一艘船晚归

26.

天黑上景山

感觉有梵呗声音

我不想下山

27.

生活就像照相

一卷没照好

换一卷继续照

28.

没有还钱的诚意

再怎么请客

也是虚情假意

29.

抬头行雁飞过

金鳌玉栋桥

萧萧一叶孤舟

30.

风吹散薄雾

墨痕爬上青砖墙

你还在路上

31.

别叫我嘻哈

送你粉色蔷薇花

从街头回家

32.

难眠　一包烟

十年　都不再少年

张震岳《再见》

33.

早晚劝加衣

莫待冷风起

我有忏悔意

34.

辗转难眠为常

星云抬头仰望

跟你去远航

35.

可能会有星

把热闹闩在门外

风吹竹影轻

36.

紫色的夜空

我想起远方的你

风吹落梧桐

37.

闲情且读书

有明月青塔密檐

一叶落在路

38.

每逢佳节倍思亲

你在巴黎

我在北京

想着你

39.

想起一句诗

秋风萧瑟天气凉

早上的风凉

40.

电车还挺快

当然得早点出来

大傻子拜拜

41.

爱和凑合，是两种态度

不能并存，爱不是凑合

42.

昨天柳枝摇摆

想念路边的梨花

在加油站外

43.

坐电车出城

太阳落下地平线

周三休一天

44.

西风独行寒夜

兵营的熄灯号声

拾一叶　山城

45.

野蛮人的风度

让我怀念　一如

年少满脸须胡

46.

我一梦醒来

洵河两岸的长堤

寒衣成了灰

47.

每个人都是一面镜子

看到的是别人吗？

那是自己

48.

您老是这样患得患失

让我怎么成长

没有失败的子女

都是家长做出的决定

49.

枯树枝挂着

冲淡了的紫

我浪费着诗意

50.

天空的间隙

隔着月隔着房脊

朦胧落在紫陌

51.

一班又一班

四十四路过南山

舒展云月闲

52.

完美就像风

吹散氤氲烟灰红

飘落西或东

53.

阳台的西边

光慢慢进到窗前

灿烂如春天

54.

我想,春天的菜园子

这一畦是葱绿

那一畦也是葱绿

55.

雪花飘来飘去

霓虹映紫了世界

断断续续

56.

平淡很幸福

雪花融化在手心

踩雪的声音

57.

坐下谈明天

我们都活在今天

我还是会拖延

58.

地铁的味道

《动物世界》里迁徙

角马的味道

59.

一滴雨落下

这一瞬间成为永恒

随电梯上升

60.

挤压到抽象

然后融化成蓝天

再捻灭香烟

61.

剧场舞台上

有一个词叫过往

孤影仍回荡

62.

柔弱的柳丝

喜鹊衔飞枯树枝

飘摇风雨吹

63.

黑暗中寻找

大火烧了一整夜

等待中寻找

64.

一些花谢了

还有一些树绿了

燕子飞来了

65.

乌鸦琉璃瓦

生活不能太刻板

漫漫云和星

66.

沉默的长夜

漫无目的的目的

漫路月光下

67.

忘记了方向

总是生活在别处

入梦成奢望

68.

淡蓝色天空

飘落枯叶的忧伤

你还在路上

69.

我一小儿捞的蛤蟆骨朵儿

不知,是变了河蟆

还是变了老疥

70.

小白蝴铁儿

大花儿蝴铁儿

都是稳家儿当院儿常客

71.

路边野蔷薇

好像遗失了什么

带着芬芳回归

72.

都不必隐藏

过路擦肩的孤寂

米黄色风衣

73.

什么是什么

有些人不如不见

因为我心软

74.

列个早些下雨

下午擦黑儿出老爷儿

天气闷热,我出一后颈上汗

75.

人生彼此都是过客

看看就很好

能说三句话已是莫大荣幸

76.

记忆的路上

为什么的为什么

到底为什么

77.

渐远的脚步

影子也随风飘散

落下地平线

78.

燕子天上飞

哲人偏执于物质

我出城回归

79.

花朵燃烧　太阳

寻找记忆的路上

有人在低唱

80.

阴郁　七月天

暖黄色天气　上衣

我想上景山

81.

永恒归于空无

控制住手脚

控制不住头脑

82.

人要学会选择

也要学会接受

要不,你就孤独终老

83.

不能说想起

风雨我未曾忘记

一群小蚂蚁

84.

梧桐树底下

梧桐的果子红了

地平线缥缈

85.

世界观坍塌了

就去重造一个世界

多一些温情,少一些冷漠

86.

时间与地域

风雨还是那风雨

淡黄色记忆

87.

列个我们都很小

但是现在我长大了

你怎么没长大呢

88.

天　胭脂颜色

地平线　几点寒星

寒星伴我行

89.

今天我生日

我不敢惊动别人

偷偷告诉你

90.

不接受就忍

忍一时风平浪静

忍一世将无宁静

91.

生活就是诗

但不是所有的生活

都是诗

92.

月亮落在

末班车后面

落叶又一年

93.

走过文峰塔

鼓楼边人声喧杂

一身风烛飒

94.

我们这岁数

多少经些风浪

少了少年时的矫情

95.

一碗扁粉菜

街与巷合奏恋歌

一把抓住它

96.

一梦一千年

我见过大雁南飞

见过流光微

97.

我后面的人

《青春不在服务区》

那在青海湖

98.

误入小巷高阁

剪影槐树上麻雀

谁曾在角落

99.

皮渣　粉浆饭

写着验字的灰墙

最后的夜晚

100.

寒冷的黑夜

挣扎铁锁的狗

不浓不淡的酒

101.

生命真快乐

蛛蛛出来喂鸟

路上背影远了

102.

天地间有爱

一畦畦都是小葱

都没有菠菜

103.

新生的宇宙

背叛了本源之后

有一场雪后

104.

春雨加春雪

最后蔷薇花灭绝

遗留下粉屑

105.

大自然如初

翻来覆去的咸鱼

拥抱着空虚

106.

麦子晒太阳

这个二月份很闲

我闲得发慌

107.

忆如昨　停泊

妈买的便宜毛衣

我常常穿着

108.

我仰望天空

自由的鱼在水中

奔跑的儿童

109.

从山上下来的风

你曾活在我心中

胭脂色天空

110.

想变成野兽

迷失森林的诅咒

黄雀在其后

111.

我脚踩热土

蔷薇花芽点血红

远来一场风

112.

阳光下沐浴

松柏也换了新绿

风断断续续

113.

你曾看着我

我不知道说什么

我看着云朵

114.

夜色有些蓝

远处的黑有些淡

一加一得三

115.

那些过去的

花与木,空竹声败

自行车也快

116.

寒冷的暮春

在三月出生的人

是幸福的人

117.

青蛙爬青苔

石头下生长野菜

想来上不来

118.

蝌蚪的哥哥

左小龙骑着摩托车

和流萤一颗

119.

没有水的稻

白云深处有大炮

你傻傻地笑

120.

太阳的火焰

记账赊烟的小店

我心中长念

121.

天上的鱼　游

不愿随黄河之水

游啊游啊！游

122.

从一数到三

大海是那么蔚蓝

希望的酒坛

123.

你累了,那就歇歇

别在卡尔维诺的小说里灭绝

剧情太狗血

124.

光绪三十年

我曾祖出生的那年

历史的一天

125.

今天的后天

到明天还是明天

只活在今天

126.

坟上有一块石

天上有乌鸦一只

遥远的咫尺

127.

毛毛虫

在化蝶前

吃光了蔷薇叶子

128.

用夜色修饰

把太阳慢慢吞噬

用我的仪式

129.

鳄鱼爬上岸

有蛇偷吃了鸟蛋

猎人在盘算

130.

路人向左走

有星星也有月亮

路人向右走

131.

风雨来的干脆

从此到彼是智慧

路上的刺猬

132.

你等他不来

蝌蚪变成了青蛙

无我或无他

133.

想痛快的哭

可是泪去了哪里

那山谷草木

134.

秋天雨夜里

我做了一夜春梦

向窗外目送

135.

我写下柔情

没有发送的草稿

风把落叶扫

136.

观自在菩萨

没有去过的拉萨

我溜溜达达

137.

昨夜的风

存在着落叶秋虫

山里红很红

138.

捞蛤蟆骨朵儿

起床,刷牙,等饭吃

看飞机拉线儿

139.

河边一群鹅

阳光穿过了窗户

把岁月蹉跎

140.

一棵树

一片叶子

还在摇摆

141.

小时候看天

是云朵也是棉花

还有小青蛙

142.

风说它没变

它在我手中游曳

最后的一叶